DU MÊME AUTEUR

Aux Éditions Verticales

Dans le temps, *1999*
Mes petites communautés, *1999*
Puisque nous sommes vivants, *2000*
L'Homme de mes rêves, *2002*
Les Sept Voies de la désobéissance, *coll. « Minimales », 2004*
Les Fantaisies spéculatives de J. H. le sémite, *2005*
On n'est pas là pour disparaître, *2007; Prix Pierre Simon « Éthique et société »; Prix franco-allemand Candide; Prix Wepler-Fondation la Poste 2007; « Folio » n° 4890, 2009*
Que font les rennes après Noël ?, *2010; Prix Alexandre Vialatte; Prix Ève Delacroix de l'Académie française; Prix du Livre Inter 2011*

Chez d'autres éditeurs

Les Félins m'aiment bien, *Actes Sud-Papiers, 2004*
Les Lois de l'hospitalité, *Inventaire / Invention, 2008*
Viande froide, *Éditions CentQuatre / Nouvelles Éditions Lignes, 2008*
« Maison d'arrêt Paris La Santé, 42, rue de la Santé 75014 Paris » dans Les Prisons parisiennes, 1851-2010, *Éditions Paris Musées, 2010*

Pour Pascal et Céline,

Encore une figuration sur les fêtes !

Bien à vous

ils ne sont pour rien dans mes larmes

olivia rosenthal

ils ne sont pour rien dans mes larmes

verticales

Le département de la Seine-Saint-Denis
a soutenu la création de cette œuvre
à l'occasion d'une résidence
à l'Espace 1789 de Saint-Ouen.

collection « minimales »

On peut vivre par procuration
des choses incroyablement douloureuses.

Le Vertige
(prologue)

J'ai le vertige.
Depuis que ma sœur s'est jetée par la fenêtre, j'ai le vertige.

Quand on se jette du septième étage d'un immeuble parisien, sans matériel particulier pour freiner sa chute, on le fait pour mourir.
Parachutes, deltaplanes, ballons, corde, mousquetons, aile, cape, filets, toiles, tapis, matelas
les moyens ne manquent pas d'éviter le pire
si donc on n'utilise pas tous les moyens pour survivre, c'est qu'on se jette pour mourir.

Je me penche, je vacille, je bascule, je lâche, je plonge, je me renverse, je chute, je tombe, je cogne, je percute, je me heurte, je me brise, je m'endommage, je me fracture, je me fracasse, je m'ouvre, je me défais, je me disloque, je me déchire, je me désagrège, j'éclate.

Vertigo est un mot latin signifiant étourdissement. C'est aussi le titre d'un film. *Vertigo* le film raconte l'histoire d'un homme qui par deux fois essaye de sauver une femme de la mort et par deux fois échoue. Par cet exemple, on voit que la fiction dépasse la réalité puisqu'une même femme peut se défenestrer à deux reprises (ce qui est rare) et peut, ce qui est plus rare encore, mourir deux fois de suite. Le cinéma amplifie donc la puissance des drames humains en les redoublant.

Il n'est pas impossible, bien que dans mon esprit la chronologie des faits demeure incertaine, que j'aie éprouvé le vertige avant l'événement dont je vous parle.

Avez-vous le vertige ?
Si vous ne l'avez pas, dites-moi à quoi vous pensez quand vous penchez la tête par-dessus la balustrade, quand vous marchez sur un pont suspendu, quand vous montez sur une échelle de corde, quand vous longez une falaise par grand vent, quand vous suivez un sentier de crête dont le sol est friable. À quoi pensez-vous ? À autre chose sûrement, sûrement

à autre chose. Et si vous pensez à autre chose, ne risquez-vous pas par distraction, inadvertance, trop grande confiance en vous, par imprudence, ne risquez-vous pas de tomber ?
Si tu as le vertige
tu chutes
et si tu n'as pas le vertige
tu chutes aussi.

Le vertige m'avertit, il me prévient, il est mon compagnon de vie
il me rappelle, au cas où je l'oublierais, que sur certains trajets bien spécifiques dans lesquels le vide vient me narguer et me sourire, il me rappelle que je pourrais, je pourrais tomber
que cela pourrait m'arriver à moi
je pourrais, moi qui vous parle, bien ancrée au sol comme je le suis, bien attachée à mon existence
je pourrais moi aussi trébucher.
Mais grâce à ma pensée exclusive
à ma concentration exclusive
à ma tristesse exclusive
à mon angoisse exclusive
à ma crainte exclusive
à mon histoire exclusive

que je veux bien partager aujourd'hui avec vous
grâce à tout cela
j'avance précautionneusement sur cette terre et je suis emplie, dans bien des circonstances, d'une telle quantité de terreur que je ne peux plus avancer
c'est ce qu'on appelle le vertige
le vertige paralyse celui qui y est confronté
et plus il est paralysé plus il a le vertige
car il est arrêté au milieu du vide
et le vide l'appelle et l'aspire
le vide lui fait des signes
il sait que le signe est un piège auquel il faut résister
mais il sait aussi que s'il plonge
cela mettra fin au vertige
à cette sensation intense et douloureuse
sur laquelle il n'a pas prise
alors il hésite

et comme il ne pense qu'à cette hésitation
cela augmente encore son vertige
au point qu'au lieu de le protéger du danger de la chute
le vertige peut tout droit l'y conduire.

Dans *Vertigo*, celle qui tombe et celui qui a le vertige sont bien distincts, l'un tombe quand l'autre a le vertige, l'un tombe parce que l'autre a le vertige.

C'est moi qui ai le vertige, c'est elle qui tombe.

Quand j'ai le vertige, je me représente en bas
je suis déjà en train de tomber dans le vide
par accident
toujours c'est par accident que je tombe
je me représente en bas
en train de m'écraser au sol
comme elle s'est écrasée avant moi
et le fait d'avoir dans ce domaine un antécédent familial
n'aide pas
c'est même le contraire
j'ai d'autant plus le vertige que ma sœur est tombée avant moi
avant moi, dis-je, comme si je devais moi aussi
par fatalité
succomber à l'attirance du vide.

Au bord du précipice
au bord

à un pas de la mort
il suffit d'un pas
le vertige, c'est d'avoir peur de le franchir
et de le désirer
de ne penser qu'à ça tout le temps où l'on reste au bord
de ne penser qu'au seul fait qu'on est au bord du vide
de sorte qu'on finit par douter
du rôle que joue le vertige
symptôme, effet, avertissement, désir.

Symptôme :
c'est quand le corps parle
mon corps parle
il me dit quelque chose
sur les montagnes, à l'appui des fenêtres, dans les cages d'escalier, mon corps, pendant des années, me dit quelque chose que je n'entends pas, que je ne comprends pas
pendant des années, je n'écoute pas mon corps
je fais comme si je n'avais pas le vertige
je feins d'ignorer que mon cœur bat plus vite, que mes jambes tremblent, que j'ai la bouche sèche, que je transpire

je passe à travers le vide
c'est un exploit qui me coûte beaucoup
qui pompe toute mon énergie
après je pleure
je ne sais pas si on me comprend, je ne me comprends pas moi-même.

Effets secondaires :
le reste non plus, je ne le comprends pas
par exemple
la vue du sang m'est insupportable, je m'évanouis
l'idée qu'un corps puisse perdre son intégrité
coupures, ouvertures, saignements, démembrement, blessures
me fait perpétuellement frémir.

Vingt-deux ans ont passé
depuis que ma sœur s'est jetée dans le vide
mais il n'est pas impossible
bien que mes souvenirs soient devenus flous
que j'aie éprouvé le vertige
du temps où elle était encore en vie
et où ni elle ni moi ne savions
qu'elle finirait par heurter le sol
à la vitesse

que les lois de la mécanique
définissent
pesanteur oblige.

Je pose ma tête sur l'oreiller
je ferme les yeux
je m'endors
plutôt non
je ne m'endors pas
j'écoute
j'espère
j'attends
j'attends le moment où mon corps
me laissera en repos
se calmera, s'apaisera, se détendra, se décontractera,
se relâchera, se délestera, se déchargera, s'allégera,
s'abandonnera, se livrera, cédera, quittera, renoncera,
s'absentera, disparaîtra, plongera, chutera
je me réveille toujours avant qu'il ne s'écrase
sur le macadam
avant qu'il ne se disloque
sur la chaussée
avant qu'il ne se brise
sous l'œil horrifié et stupide des passants.

Dans mon sommeil
je tombe
c'est un cauchemar récurrent que je fais
quand je suis allongée sur le dos.

Pourtant je dors beaucoup
je dors longtemps
je dors profondément
et dans mon sommeil
je tombe.

Vertigo raconte l'histoire d'une femme qui était blonde et qui devient rousse. *Vertigo* raconte l'histoire d'une femme qui change de couleur de cheveux.

Petit à petit
je m'habitue à l'idée
que je suis composée
que nous sommes composés
de notre histoire
une histoire qui commence avant nous
et par laquelle nous sommes traversés
une histoire
qui nous traverse
petit à petit

je m'habitue à l'idée
que je suis traversée.

Je suis blonde
mais ça, vous ne le savez pas
alors je vous le dis
croyez-moi
je suis blonde
elle était brune
je veux dire
dans mon souvenir
on nous présentait comme telles
voici la blonde
et voici la brune
mais ça pouvait être aussi dans l'ordre suivant
voici la brune
et voici la blonde
ça dépendait des fois
je veux dire
pas pour la couleur des cheveux
pour l'ordre.

Si le corps est lancé trop vite
il devient aussi dangereux
qu'un projectile

on peut donc avec son corps
écraser d'autres corps
avant de s'écraser soi-même
c'est ce qu'on appelle
le hasard
il frappe là où on ne l'attend pas
et tue
à l'aveuglette.

Je n'aime pas beaucoup
qu'on me raconte
des histoires
de saut à l'élastique.

Il n'y a que dans les rêves que les chutes ne sont
jamais interrompues
par l'impact
il n'y a que dans les rêves que les chutes
durent
rêver que l'on chute
qu'on tombe indéfiniment
sans que jamais cela ne s'arrête
c'est rester optimiste.

Vertigo est un beau film
c'est un film à recommander
en priorité
à ceux qui ont raté
ce qu'ils avaient entrepris
ou qui regrettent
de n'avoir pas agi
en temps utile
c'est un film qui plaît moins aux innocents
qu'aux coupables.

Le vertige me lie à toi beaucoup plus fortement
que mes souvenirs
tout le reste
images et voix
dans l'air doucement
se dissipe
mais le vertige reste et grandit.

Les faiblesses des gens
les rendent sympathiques.

Quelle est votre faiblesse
et à quoi
silencieusement

vous lie-t-elle ?
Dites-moi quelque chose
qui soit autre chose
que le vertige
dites-moi quelque chose
qui soit moins triste
dites-moi quelque chose
qui me fasse rire.

Du haut du septième étage tu te jettes
et je ne peux rien faire
pour te retenir.

La Nuit américaine d'Angélique

La Nuit américaine, je l'ai vu à douze ans avec mon père, et à la fin du film j'ai su que je serais comme Nathalie Baye, je serais scripte.

Personne ne sait en quoi consiste exactement le métier de scripte.

La Nuit américaine de François Truffaut raconte les difficultés d'un tournage, les acteurs oublient leur texte, le chat refuse de boire le lait, la femme du régisseur s'obstine à rester dans le cadre, il y a des contretemps, des tensions, des aléas, des circonstances.

Être scripte, c'est avoir de la mémoire
c'est être disponible tard le soir pour le metteur en scène qu'on admire ou qu'on aime ou qu'on croit qu'on admire alors qu'en fait on l'aime

c'est se tromper sans le dire et même peut-être sans le savoir
c'est se rendre indispensable
remplir le vide
garder le moral quand rien ne va
coucher à droite à gauche mais jamais pendant les prises
vivre intensément mais jamais entre les films
c'est maîtriser, contrôler, ne rien laisser au hasard.

Nous pourrions tous être scriptes si nous le voulions.

Nathalie Baye part dans son Austin Mini pour rejoindre un décor en extérieur, elle crève en route, elle essaye de changer la roue parce qu'elle se prend pour Wonderwoman, l'accessoiriste passe par là, il lui propose de l'aider, elle accepte à la fois pour la roue et pour le reste, ils finissent tous les deux dans les fourrés mais c'est une scène qu'on ne verra pas.

Nous ne voulons pas tous être scriptes. Nous n'avons pas forcément envie de coucher avec l'acteur Bernard Menez tel qu'il était en 1973.

À l'époque j'habitais à Rouen, j'étais une oie blanche, je ne savais absolument rien sur la vie, mon père m'a montré ce film, nous étions seuls tous les deux, je ne me souviens pas de ma mère, ils étaient sur le point de divorcer, la seule chose que je savais c'est que je voulais que mon père m'aime et qu'il me le montre.

Le vrai plaisir, ce n'est pas le sexe, c'est le plaisir de voir. Voir est un grand plaisir. Mais dans le cinéma, certaines choses, par exemple les choses du sexe, restent invisibles. Le cinéma nous empêche d'accéder à ce qui nous ferait le plus plaisir.

Je ne sais pas pourquoi je me suis identifiée à Nathalie Baye, elle ne me ressemble pas, elle ne ressemble pas à ma mère, elle ne ressemble à aucune femme de ma famille, je crois que je voulais être scripte pour construire quelque chose avec une équipe quand tout autour de moi était en train de se défaire.

Les enfants imaginent que leur père a quelque chose à leur dire. Ils imaginent que leur père n'arrive pas à le leur dire. Ils imaginent que le cinéma dira quelque chose à la place de leur père, que chaque film est une grande histoire parlée qui leur est directement adressée. Au lieu de regarder les images, ils écoutent et écoutent encore comme s'ils entendaient enfin la voix de leurs parents.

Le plus beau, c'est quand Nathalie Baye rejoint le metteur en scène dans sa chambre et qu'ensemble ils parlent du tournage. Truffaut, qui joue le réalisateur, dicte à Nathalie Baye les dialogues pour le lendemain, elle les tape à la machine, il est très tard. Dans la nuit, elle longe les couloirs de l'hôtel, je me souviens, elle, seule dans le noir, glissant ses messages, ses feuilles de dialogues, sous les portes des acteurs, c'est le métier que j'ai tout de suite eu envie de faire.

Être scripte, c'est jouer le rôle de secrétaire, de messagère, de confidente.

J'ai revu le film une seule fois avec mon amoureux, nous avons découvert que *La Nuit américaine* passait à Dieppe, nous sommes partis à toute berzingue, ça a été une course contre la montre, nous sommes arrivés juste à temps, j'ai éprouvé une grande satisfaction, enfin je n'étais plus une petite fille, je pouvais faire un pied de nez à mon père et me libérer de son emprise.

Nathalie Baye et François Truffaut se vouent corps et âme au cinéma. Mais dans la vraie vie, l'un est mort et l'autre n'est pas scripte. Il faut donc revenir là où le cinéma prend fin, changer de perspective, de cadre, d'objectif, admettre que l'existence ne s'engloutit pas tout entière dans la lumière des projecteurs, que les zones d'ombre mènent loin des caméras, qu'il y a une vie après, que les personnages nous emportent, nous séduisent, nous attirent et nous trompent, qu'il faut rejoindre un pays qui est le nôtre, un désir qui est le nôtre en faisant le deuil de nos illusions.

Nous ne voulons plus être scriptes parce que nous ne voulons plus être les confidents de nos pères.

Il était une fois la révolution de Vincent

À l'époque je faisais partie d'une bande, mes potes avaient des stocks de VHS qu'on pouvait emprunter et que je regardais la nuit quand mes parents dormaient, c'est comme ça que j'ai vu des films pornos et *Massacre à la tronçonneuse*, ça te prend aux tripes et tu le regardes jusqu'au bout.

À treize ans, il est plus facile d'accéder à la peur qu'au désir et, de toute façon, regarder des sexes en gros plan est à peu près aussi effrayant que d'assister au découpage d'un corps humain encore vivant.

Quand j'ai vu *Il était une fois la révolution*, j'ai été marqué par les scènes d'explosion, je trouvais ça grandiose, plus tard le film m'a fait réfléchir au sens de l'Histoire, j'ai découvert que, contrairement à ce qu'on m'enseignait à l'école, la révolution n'est pas seulement une somme d'événements quantifiables, qu'elle a aussi des implications individuelles et peut chambouler une existence.

Le cinéma atteint les consciences par petites touches.

Dans *Il était une fois la révolution* Juan le Mexicain tue et pille pour nourrir sa famille. Lors d'une attaque, il tire sur John, un Irlandais qui passe en motocyclette. Et comme John maîtrise mieux que quiconque la loi du talion et la dynamite, il fait exploser une diligence pour montrer à Juan de quel bois il se chauffe. C'est ainsi que naît une sorte d'amitié entre un bandit hispanique et bavard et un motard anglophone et taciturne, deux hommes que tout oppose.

Il y a autant de différences entre l'Irlande et le Mexique qu'entre les deux faces d'une même médaille.

Dans ma jeunesse, j'étais idéaliste, je voulais faire le tour du monde à pied, je voulais sortir des sentiers battus, je ne voulais rien posséder, j'imaginais autre chose, plus hors norme, plus exotique, finalement je n'ai pas osé partir, je suis devenu infographiste, j'ai eu deux enfants et je travaille dans la pub.

Même les plus fervents spectateurs de cinéma renoncent un jour ou l'autre à l'angélisme.

Il y a autre chose que j'aime c'est la manière dont Sergio Leone filme le chef des militaires, un homme consciencieux qui veut que les choses soient bien faites, on le voit en train de se brosser les dents, il prend soin de son hygiène, ce n'est pas une brute épaisse, de toute façon il n'y a pas de brute épaisse, seulement des conflits d'intérêt.

Dans *Il était une fois la révolution*, deux hommes sont pris dans la tourmente de l'Histoire par hasard, ils sont les témoins de discours politiques déconnectés de la réalité, d'exécutions sommaires, d'actes de violence absurdes commis au nom de la cause, ils ne jugent pas, ils traversent.

Mes choix auraient été différents si je n'avais pas vu ce film, par exemple dans l'éducation de mes enfants, je remarque qu'ils sont déjà dans la compétition, je leur montre qu'il y a d'autres manières d'utiliser son énergie, d'autres dramaturgies possibles que le seul consumérisme, j'essaye de guider ma progéniture dans une voie pas trop agressive.

Juan et John sont sur une crête, il faut qu'ils arrêtent la progression de l'armée lancée à leur poursuite, John réalise une dernière explosion avec ce qui lui reste de nitroglycérine et aussi avec tout son cœur et tout son ventre, c'est son seul moyen d'expression, la vallée est inondée de poussière, on peut voir et revoir ce moment pour sa seule beauté esthétique, c'est une scène qui donne des frissons.

Les westerns spaghettis sont comme les films d'horreur et les films pornographiques, ils suscitent des émotions qui contrebalancent la banalité du quotidien et ses insondables contradictions.

John est une sorte d'ange déchu. Dans un flash-back en Irlande, on voit qu'il a été vendu avec ses camarades de combat par son meilleur ami. John l'apprend, il se venge en tuant celui qui l'a trahi avant de fuir le pays, son idéalisme s'est heurté au réel, rien ne sera plus comme dans ses rêves, une partie de lui est restée sur le carreau mais il n'en dit rien à personne.

Dans la vie comme dans le cinéma, le silence peut faire plus de dégâts que la parole.

Quand j'étais petit, j'habitais la campagne, j'étais peu causant, la seule chose qui me plaisait, c'était de mélanger de l'engrais et du sucre avec mes potes, on obtient du nitrate de sodium qui est totalement instable. J'allais dans des dépotoirs, je préparais des traînées de poudre, il faut manipuler le produit avec précaution sinon il saute, j'enflammais, j'étais conscient du potentiel destructeur de l'expérience alors je faisais attention, parfois la mixture ne prenait pas, on ne savait pas comment faire, c'est quand ça n'explose pas que ça devient vraiment inquiétant.

Rouge
d'Anne-Sophie

Rouge, de Krzysztof Kieślowski, commence par un appel téléphonique, la sonnerie retentit, on suit le trajet des câbles jusqu'au combiné d'Irène Jacob, l'actrice principale, ça se passe en 1994 avant les appareils sans fil et les mobiles, elle décroche, on se souvient mieux des images que de ses paroles.

Le cinéma est hanté par les machines d'époque, il est entièrement tributaire de la technologie et se démode à mesure que notre monde change.

La première fois que j'ai vu ce film, j'étais amoureuse d'un garçon, j'avais treize ans, ça a déclenché en moi une euphorie incroyable, ça a exalté mon expérience de spectatrice, pour la première fois j'étais sensible à la couleur, aux matières, tout à coup j'avais confiance en moi, je pouvais exprimer ce que je ressentais sans honte.

L'amour est un sujet cinématographique inusable malgré les moyens de communication parfois obsolètes grâce auxquels il s'exprime.

Il s'appelait Nabil, il était magnifique, je l'avais déjà remarqué, on jouait au chat et à la souris, j'ai eu un rendez-vous avec lui, c'était rare au collège de pouvoir parler avec un garçon, il vivait en foyer, il était séparé de ses parents, il avait déjà beaucoup de rancœur pour son jeune âge, et pourtant les courts moments qu'on a passés ensemble m'ont paru extrêmement doux.

Il y a dans le cinéma des concours de circonstances dont la vraisemblance est discutable mais qui sont nécessaires à notre ravissement.

Irène Jacob est mannequin, elle n'est pas dans son assiette, un soir en rentrant, elle manque d'écraser un chien sur lequel elle retrouve l'adresse du propriétaire. Elle se rend chez lui, c'est Jean-Louis Trintignant, un vieil homme extrêmement désagréable, ils se revoient plusieurs fois, elle le sort peu à peu de sa misanthropie, elle lui offre quelque chose d'humain qu'il finit par accepter de recevoir.

Ce qui m'a touchée dans ce film, c'est le fait que les personnages puissent s'abandonner à leurs émotions, alors le soir même je suis rentrée chez moi, j'étais complètement excitée, je n'arrivais pas à dormir, je me suis relevée la nuit, j'ai écrit une longue lettre à Nabil, une lettre où je lui disais que je l'aimais, je lui parlais de tout ce qui me transportait, je lui donnais une partie de moi-même, je livrais quelque chose, grâce à ce film je pouvais le faire.

Nous sommes peut-être abusés par le cinéma mais nous aimons les erreurs dans lesquelles il nous plonge.

Je lui ai donné ma lettre le lendemain, je suis allée au bout de l'aventure, ça a été la catastrophe il n'a absolument pas compris, j'avais projeté trop de choses sur lui, il s'est très vite rétracté, c'était horrible, on se croisait dans les couloirs, on ne se regardait plus, le lien s'était complètement perdu.

À treize ans, on n'est pas déçu on est désespéré, alors qu'après c'est l'inverse.

Jean-Louis Trintignant regarde les actualités télévisées, il est seul chez lui, une catastrophe aérienne vient d'avoir lieu, il découvre à l'écran qu'Irène Jacob était dans l'avion et qu'elle fait partie des survivants, elle est en compagnie d'un jeune homme, survivant lui aussi, on comprend qu'ils sont sauvés, qu'ils vont s'aimer, Jean-Louis Trintignant est soulagé, elle lui a redonné le goût de vivre.

Le cinéma utilise les images télévisuelles pour paraître plus vrai que nature.

J'ai revu le film à la télé avec une amie quand j'avais dix-huit ans, je n'ai pas du tout aimé, ça m'a déçue, ça m'a rendue triste, mais ça ne change rien à ce que j'ai éprouvé, Irène Jacob porte des vêtements rouges sur un fond rouge, elle souffle dans un chewing-gum à la fraise, je me souviens de ce choc chromatique et quasi physique même si l'exaltation s'est tarie.

Comme la télévision est censée enregistrer les choses telles qu'elles se sont produites, on oublie qu'elle nous éloigne de nos sensations et banalise nos vies.

Après, j'ai été amoureuse tout le temps, ma mère était intendante alors j'habitais dans le collège, je voyais les garçons arriver, certains me plaisaient, j'inventais des stratagèmes pour les croiser, j'imaginais des rencontres, je les mettais en scène, c'était une sorte d'éducation sentimentale permanente, je n'avais plus peur, il y avait quelque chose de gagné, je savais que malgré les tristesses éprouvées je ne reviendrais jamais en arrière.

Quand on est habité par l'art cinématographique, on est plus fort que ses échecs, on croit qu'on pourra par sa seule générosité plier le monde à son désir.

Douze Hommes en colère de Sophie

Douze Hommes en colère raconte comment onze imbéciles accèdent à leur propre humanité grâce à un seul, Henry Fonda, qui prend le temps de les écouter, d'accepter leur bêtise, leurs erreurs, leur tristesse, leurs failles.

J'avais dix-huit ans, j'étais partie en Angleterre pour suivre des festivals de hard rock, j'atterris au pays de Galles avec ma bande, et là je tombe sur *Douze Hommes en colère*, un film dans lequel j'ai plongé avec délice même si mes potes utilisaient la salle pour ronfler comme des veaux.

Douze Hommes en colère de Sidney Lumet, c'est un film qu'on peut regarder les yeux fermés.

Au début, tout va très vite, un jeune homme est accusé du meurtre de son père, les jurés entrent dans la salle de délibération, il fait chaud, impossible d'ouvrir les fenêtres, le ventilateur est en panne, l'atmosphère étouffante, les jurés sont pressés, ils veulent voir le match de base-ball à la télévision le soir même, ils votent en vitesse, onze *guilty* et un *non guilty*, quatre minutes de film pour condamner un homme à mort.

À l'époque je marchais pieds nus, je portais des bracelets de cheville, je détestais tout le monde, j'étais continuellement défoncée, j'entends un des acteurs en chemise blanche, il dit *what do we do now* et Henry Fonda lui répond *I guess we have to talk*, j'aimais déjà la langue anglaise, mais grâce à ces mots j'ai eu envie de l'apprendre à fond, de la connaître, de la traduire, de la parler, de la chanter.

Dans *Douze Hommes en colère,* Henry Fonda demande à un des jurés pourquoi il pense que le gars est coupable. Et l'autre répond *It's difficult to put into words*, c'est une phrase clef, elle nous rappelle que si on n'apprend pas à manier sa propre langue, on risque de devenir muet ou bête ou méchant. L'injustice est moins un signe de malveillance que la trace de nos faiblesses.

Ma mère ne voulait pas d'enfant, elle ne voulait pas nous voir ou nous croiser dans la maison, dès qu'on rentrait on filait dans nos chambres, on n'avait pas le droit de sortir, pas le droit d'amener des potes chez nous, et comme mon père était militaire on déménageait sans arrêt, impossible de se faire des amis, chaque fois il fallait les quitter, c'était un déchirement, je n'avais pas d'autre alternative à la blaireauterie de la caserne que de m'autodétruire, à quinze ans j'ai pris ma mobylette, j'ai enlevé mon casque, j'ai foncé sur un camion mais au lieu de me faire aplatir, j'ai rebondi sur la carrosserie.

Henry Fonda ne dit jamais que le jeune homme n'est pas coupable, mais simplement qu'on peut bien consacrer une heure de sa vie à une personne qui risque de la perdre, une heure pour parler, une heure pour découvrir que le juré le plus ignoble, celui qui finit par entrer dans une colère noire, n'a pas vu son propre fils depuis deux ans. Deux ans sans voir ses enfants, ça suffit pour condamner à la chaise électrique tous les fils prodigues et oublieux de leur père.

Y a une phrase qui m'est restée et à laquelle je pense encore, c'est quand ils sont dans la salle tous ensemble, et l'un d'eux explique qu'ils vont devoir démêler *between facts and fancy*, c'est toute la subtilité de l'anglais, le mot *fancy* est intraduisible, on le garde à l'esprit pour plus tard, quand on aura enfin les moyens d'exprimer ce qu'on ressent.

La parole est une arme plus puissante que la défonce.

À la fin du film, le silence se fait brusquement, la caméra scrute les visages les uns après les autres, tous regardent le dernier, l'irréductible, le méchant, celui qui refuse de déclarer non coupable l'accusé, alors il crie *say something say something* et comme les autres ne disent rien il s'effondre en larmes, toi t'as envie de pleurer avec lui, t'as envie de le consoler, t'as des frissons dans tout le corps, tes potes continuent à ronfler mais tu t'en moques, tu viens de découvrir un truc incroyable, il y a peut-être quelque part certaines personnes équipées d'un cerveau et de tripes, des personnes autres que tes parents, des personnes qui, si elles existent, mériteraient que tu les rencontres, les méchants ne sont pas méchants, la saloperie des hommes est peut-être une façade.

L'Arbre aux sabots de Christine

Ça se passait à Pézenas, j'étais interne au lycée et ma mère m'avait refusé le droit de sortir jusqu'à 19 heures comme mes autres camarades. J'étais obligée de rentrer plus tôt, la seule chose que je pouvais faire dans l'après-midi, c'était d'aller au cinéma, c'est comme ça que j'ai vu *L'Arbre aux sabots*.

Il y a très peu de gens qui se souviennent de *L'Arbre aux sabots*, une vaste fresque paysanne d'Ermanno Olmi, Palme d'or au festival de Cannes en 1978.

Montrer des paysans à l'écran, c'est un peu tabou, ça a été pour moi une révélation parce que j'avais honte de mes origines, chez moi on vivait tous ensemble sur quatre générations, on était de petits viticulteurs mais comme on ne gagnait pas assez d'argent avec nos terres on allait travailler chez les autres, c'est une chose dont je parlais le moins possible surtout à mes camarades de classe.

On se demande comment *L'Arbre aux sabots*, un film montrant les travaux saisonniers des métayers, a pu toucher des journalistes sans doute plus motivés par l'arrivée des stars américaines, les robes des actrices, la montée des marches et le crépitement des flashs dans la nuit cannoise.

J'étais déjà allée au cinéma une fois avec ma mère, elle m'avait emmenée voir *À nous les petites Anglaises*, un film stupide, je me souviens surtout que j'avais mes règles et qu'elle ne voulait pas que j'achète une crème glacée, elle disait que le froid allait me faire mal au ventre, j'ai tellement insisté qu'elle a cédé mais j'ai été obligée de sucer la glace très lentement pour soi-disant éviter les douleurs.

L'Arbre aux sabots dure trois heures trente, est joué en costumes dans un dialecte italien par des acteurs non professionnels, mais ces caractéristiques ne suffisent pas à en faire *L'Évangile selon saint Matthieu* de Pier Paolo Pasolini.

J'ai eu une enfance très spéciale parce que mon père battait ma mère. Elle l'a quitté quand j'avais six mois et est retournée vivre chez ses parents. Après j'ai été un objet de discorde, mon père voulait faire payer à ma mère le fait qu'elle soit partie, et pour se venger d'elle il a exercé son droit de visite de façon très tyrannique, je n'avais jamais mon mot à dire, je ne pouvais rien décider par moi-même, on se fichait pas mal de ce que je désirais vraiment.

Qu'on vienne ou non de la campagne, on a de multiples occasions de se plaindre de son éducation.

Dans *L'Arbre aux sabots*, un père décide, malgré l'interdiction qui lui en est faite, de tailler des sabots à son fils dans un arbre foudroyé lors d'un précédent orage. Cet arbre ne lui appartient pas, comme ne lui appartiennent pas les terres sur lesquelles il travaille. Mais la nécessité de donner à ses enfants de quoi se chausser, l'amour et le devoir paternels justifient cette transgression.

Ce film a sonné le moment de la révolte, je me suis dit que je ne voulais pas vivre comme mes ancêtres, on était pauvres, il n'y avait pas de chauffage central, je ne pouvais pas me réfugier dans ma chambre, c'était seulement un lieu pour dormir, je n'avais aucun espace propre, j'étais exposée tout le temps, j'avais l'impression que ma vie n'était pas à moi, heureusement dans la semaine il y avait les salles obscures.

Le cinéma ouvre à une liberté qui est sans lieu, sans paroles, sans voix, c'est un véritable espace intérieur.

Je ne me souviens pas du tout de la fin du film, seulement de longues séquences en temps réel, par exemple une marche dans la forêt italienne, je crois que ça finit mal, de toute façon c'est obligatoire, c'est la fatalité paysanne.

Il y a de multiples raisons de lutter contre l'histoire qu'on nous a transmise.

Finalement ma révolte a porté, j'ai beaucoup lu, j'ai découvert Bourdieu, je me suis prise de passion pour le roseau pensant de Pascal, j'ai quitté la campagne, j'ai fait ma vie loin de chez moi, j'ai eu un fils, mais à cause de ma mère je me méfiais des hommes, je n'ai pas voulu m'installer avec le père de mon enfant.

L'Arbre aux sabots ressemble à un documentaire sur les pratiques rituelles du siècle dernier. On suit par exemple une messe dans son intégralité. C'est un peu long et ennuyeux comme le sont souvent les messes mais grâce à cette scène on apprend qu'à l'église les hommes et les femmes ne s'asseyaient pas sur les mêmes bancs.

Le cinéma captive ceux qui cherchent des arguments pour ne pas ressembler à leurs ascendants.

Je suis rentrée au village depuis l'année dernière, j'habite dans la maison où a vécu le frère de ma grand-mère, ça m'évite de payer un loyer pendant la période de ma formation, je prépare un diplôme en phytothérapie, je suis à quelques pas de ma mère, on partage le potager, c'est un lieu neutre où on arrive à se parler, on verra bien ce qui sortira de cette période.

Le cinéma ne nous empêche pas d'avancer mais il ne nous empêche pas non plus de revenir en arrière.

Nuit et brouillard de Denis

Le premier choc, c'est *Nuit et brouillard* d'Alain Resnais, la prof de français a tout organisé, elle installe les bobines de film, elle tire un écran, on débarrasse les tables et les chaises dans le réfectoire, on entend le bruit du projecteur en seize millimètres, on est de moins en moins nombreux à mesure que le film avance, on s'accroche à la force des images, à leur violence, à leur crudité, on ne comprend rien mais on est radicalement transformé.

Nuit et brouillard d'Alain Resnais, c'est un film dont on n'a pas vraiment envie de raconter l'histoire.

À l'époque, 1973, je n'avais jamais entendu parler des Juifs, je ne savais pas ce que c'était, je n'ai aucune éducation religieuse, en revanche dans ma famille il y a des colons qui sont partis en Éthiopie pour travailler dans les chemins de fer, et dans mon enfance ils parlaient de toutes les maladies qu'ils avaient attrapées là-bas, ils disaient que respirer la sueur des nègres les avait rendus malades.

L'histoire de *Nuit et brouillard* est aussi terrible que mystérieuse. Elle a beau être exceptionnelle, les événements qui la jalonnent ne cessent de se répéter sous des formes diverses.

C'est aussi l'époque du coup d'État au Chili, mes parents adhèrent au Parti communiste, les réunions de cellule ont lieu à la maison, je rencontre des réfugiés qui témoignent de ce qui se passe dans les stades, cela fait écho pour moi au film que je viens de voir, beaucoup de membres du Parti sont d'anciens résistants, je commence à réfléchir au sens de l'embrigadement, à l'uniforme, aux ordres et à la peur, je me mets à haïr les chefs.

Dans l'Histoire, rien ne se répète exactement à l'identique mais il y a des enchaînements de faits qui se ressemblent.

Avant de diriger une structure culturelle, j'ai travaillé sur la coopération décentralisée au Burkina-Faso, je m'occupais d'un village de Lobis, c'est une ethnie qui ne reconnaît pas de chef, ça leur a permis de résister plus longtemps à la colonisation, les Français ne savaient pas à qui s'adresser pour installer leur pouvoir, toutes les décisions sont prises sous l'arbre à palabres, on discute jusqu'à obtenir l'unanimité, on ne vote pas on parle, cette ethnie a joué un rôle déterminant dans ma conception du collectif.

Nuit et brouillard n'a aucun rapport avec la condition des Noirs pendant la période coloniale.

Mon père travaillait chez Renault mais il ne voulait pas qu'on sache qu'il était entré au Parti, et moi je prenais un peu le contrepied, par exemple j'allais au collège avec les sacoches que mon père utilisait pour vendre le journal, c'était écrit en gros *L'Humanité Dimanche*.

La clandestinité ne peut pas vraiment être une expérience collective.

Il y a une scène qui me reste de *Nuit et brouillard*, c'est quand on voit deux gendarmes français qui surveillent le départ d'un convoi, il y a des femmes et des enfants qui montent dans les wagons de marchandises, on a beaucoup reproché ce plan à Alain Resnais mais il a refusé de le couper.

Le cinéma nous rappelle que nous pourrions tous être complices.

Cette prof de français a vraiment changé ma vie, elle nous a donné accès à la culture, nous, les enfants de la zone, elle a voulu absolument nous transmettre quelque chose qu'aujourd'hui j'ai envie de redonner aux jeunes de banlieue et aux générations futures.

En général, les Juifs n'aiment pas qu'on mette en relation l'histoire de leur extermination avec d'autres histoires de génocide. Ils ne savent pas que la majorité de leurs interlocuteurs aimeraient eux aussi que ces événements soient restés sans suite.

J'ai eu un parcours difficile, je me révoltais contre l'autorité, j'ai passé trois fois le bac mais *Nuit et brouillard* a déclenché chez moi une insatiable envie de dire, j'ai interviewé des déportés, je me sentais une mission, j'ai écrit trois spectacles sur les camps et j'ai parfois été confronté à des réactions surprenantes, certaines associations me disaient que je n'avais pas à faire ça, que je n'avais pas souffert dans ma chair et mon sang, que cette histoire ne m'appartenait pas.

On peut vivre par procuration des choses incroyablement douloureuses.

J'ai gardé un souvenir très précis d'une autre scène du film, c'est quand le bulldozer pousse des cadavres vers une grande fosse, à l'époque j'ai beaucoup de mal à regarder cette image, je cherche des visages dans ces corps, comme si j'allais reconnaître quelqu'un de mon entourage, je veux retrouver l'humanité de ces gens qui sont en train de disparaître sous mes yeux et je pense aussi au gars assis dans sa benne, je souffre avec lui, je n'en reviens pas qu'une telle chose soit possible et que je puisse la voir. Le cinéma me fait oublier que je ne suis pas une des victimes.

Le Dernier Tango à Paris
de Béatrice

Le Dernier Tango à Paris, j'en avais beaucoup entendu parler, c'était un film interdit, un peu comme *Orange mécanique* ou *37,2 le matin*, donc il fallait absolument le voir et c'est ce que j'ai fait, sur la télé de mes parents, seule, à l'âge de quinze ou seize ans, ça m'a donné une vraie claque et a changé radicalement l'idée que je me faisais de l'amour.

Marlon Brando, la cinquantaine, cheveux hirsutes, manteau élimé, marche sous le métro aérien, on a envie de partager sa douleur, de l'embrasser, de le toucher, de lui être entièrement soumise.

J'étais en pleine ébullition, je découvrais le cinéma italien, le théâtre, mon propre corps, j'aurais voulu être Maria Schneider, faire l'amour avec un inconnu dans un appartement abandonné du seizième arrondissement, vivre des expériences physiques absolument incroyables, être investie jusqu'à la destruction et la mort, je pensais que l'amour ne pouvait pas prendre d'autres formes.

Dans *Le Dernier Tango à Paris* de Bernardo Bertolucci, Marlon Brando va mal, il entraîne Maria Schneider dans sa dérive, ils font l'amour sur le sol, sur les marbres des cheminées, dans les pièces vides, les volets sont clos, elle s'engouffre dans cette histoire avec toute sa jeunesse, il ne la laisse jamais tranquille, à la fin elle est obligée de le tuer pour se débarrasser de lui.

Il y a une très belle scène, c'est quand il la frotte dans la baignoire, il la lave comme un bébé, il lui dit tes seins sont gros comme des ballons. Ça m'avait marquée parce que adolescente, je n'avais pas de seins et j'aurais adoré avoir le corps de Maria Schneider, c'était un de mes fantasmes.

Maria Schneider a donné beaucoup d'elle-même dans le film de Bertolucci. Elle a raconté ensuite qu'elle avait mal supporté le tournage, que la scène de sodomie en particulier, celle qui à l'époque a fait scandale, lui avait été imposée et l'avait traumatisée.

J'ai utilisé *Le Dernier Tango à Paris* comme modèle et ligne de vie, je me suis jetée dans des histoires d'amour très destructrices. D'abord j'ai aimé un homme plus âgé que moi qui a voulu me tuer quand je lui ai annoncé que je le quittais, j'ai porté plainte, j'ai été obligée de fuir, j'avais peur. Ensuite je suis tombée amoureuse d'un toxicomane, c'était un artiste, il était intelligent, original, mais je n'ai pas réussi à lui éviter la prison et quand il est sorti de Fresnes j'ai planté l'homme que je venais d'épouser pour le suivre, j'ai vécu d'hôtel en hôtel, j'étais entièrement sous son emprise, peu à peu j'ai dû bazarder tous mes cartons de livres, à la fin j'étais épuisée, j'ai décidé de tout arrêter.

Dans *Le Dernier Tango à Paris*, Marlon Brando assiste au suicide de sa femme qui s'ouvre les veines au rasoir, il y a du sang partout, il est au bord de la folie, il n'arrive pas à s'en remettre, c'est un homme brisé et profondément seul.

J'aime surtout la manière dont Bertolucci filme Passy, un quartier chic, lointain, qui me faisait rêver. À l'époque je vivais du côté de Tolbiac, mon père était surveillant à Sainte-Anne dans les étages fermés réservés aux fous dangereux, c'est là qu'il a rencontré ma mère, elle y séjournait régulièrement. Je vivais presque toujours seule et quand elle revenait à la maison, ce qui était rare, il fallait que l'appartement reste complètement dans le noir, je lui demandais ce qu'elle faisait, elle me répondait j'attends la mort.

Aucun spectateur ne sait exactement pourquoi tel ou tel film le hante.

Maintenant tout va bien, j'ai un mari et trois enfants, je n'habite plus le treizième arrondissement, de temps à autre je reviens mais c'est juste pour me promener, ma mère a réussi à se suicider et mon père est parti juste après elle, le quartier a complètement changé, je me trimballe du côté de la cinémathèque, j'ai revu *Le Dernier Tango à Paris*, c'est un film qui n'a pas vieilli, je conseillerais volontiers à mes enfants de le voir.

Quand on est enfin tranquille avec soi-même, on peut regarder *Le Dernier Tango à Paris* comme un film d'anthologie.

Le Retour
d'Isabelle

Le Retour d'Andreï Zviaguintsev commence sur l'image de trois enfants. Deux frères et un de leurs copains montent sur une échelle pour atteindre une espèce de tour, de plongeoir ou de mirador, ça se passe sous le régime soviétique, c'est à celui qui montera le plus haut, le cadet a le vertige, il se fait traiter de mauviette par les deux autres, on sent son angoisse, sa trouille, heureusement la mère vient le chercher et c'est elle qui le redescend.

Au cinéma on peut pleurer quand on a peur, quand on est ému, quand on est déçu, quand on aime, quand on hait, quand on est en colère, n'importe quel prétexte suffit puisque l'écran absorbe toutes nos émotions sans rien demander en échange.

C'était au MK2 Quai de Seine, j'étais seule, le film commence, et dès que le père emmène ses deux gamins pour une virée dans la forêt, un père qu'ils ne connaissent pas et avec qui ils vont passer deux jours pour la première fois, je pleure, je pleure, je suis submergée par les larmes, et là j'entends une petite voix qui me demande est-ce que ça va ? et aussi je sens la chaleur d'une main qui m'attrape, je trouve ça à la fois désagréable parce que ça me fait sortir du film et en même temps je ne peux m'empêcher de penser qu'il y a quelqu'un prêt à s'occuper de moi, à m'aider, à me protéger.

Dans *Le Retour* d'Andreï Zviaguintsev, les enfants ne veulent pas partir à la pêche avec le père, lui ne trouve pas le matériel mais il s'obstine, il leur fait peur, il est dur, taciturne, l'aîné se rebelle alors le père le lâche au bord de la route et s'en va avec le cadet, on voit le gamin sous une pluie battante qui attend le retour du père.

J'ai continué à pleurer mais je n'étais plus dans ma bulle, quelqu'un m'écoutait, à la fin j'avais les yeux boursouflés, je ne me sentais pas bien dans cette salle, je voulais savoir à qui appartenaient cette voix et cette main juste à côté de moi, c'était un mec, on va boire un pot, il parle de lui, il est divorcé, sa séparation l'a beaucoup affecté, à l'époque je n'avais pas de copain, je me suis dit que j'allais peut-être rencontrer l'amour, on a échangé nos coordonnées.

Comme les salles de cinéma exigent l'obscurité et le silence, elles permettent d'imaginer beaucoup de choses sur les ombres, à la fois celles qui bougent sur l'écran et celles qui, le temps d'une séance, nous entourent.

On s'est revus une autre fois, il est venu manger chez moi gare du Nord, il s'était bien sapé, avec son petit gilet sans manches il ne me plaisait pas du tout, je voyais tous les signes de la drague, il s'est un peu prononcé par des gestes en essayant de me toucher et j'ai foutu la distance, du coup ça a glacé les choses, il s'est barré et n'a jamais rappelé.

Le cinéma permet d'accorder de l'importance à des corps sans chair, sans odeur, sans goût, il privilégie les fantômes.

À l'adolescence, j'avais un petit copain qui venait le soir coucher dans ma chambre, je n'effaçais pas les traces qu'il laissait sur la neige, mes parents faisaient semblant d'ignorer sa présence, mais quand un jour ils ont entendu nos ébats, ça a été la crise, mon père est entré, mon copain était nu, mon père l'a viré, il m'a dit qu'il m'enverrait en maison de redressement, de toute façon il avait mis une prison dans ma tête, c'était un homme violent, il me tabassait, il me terrorisait, il m'obsédait, j'étais obnubilée par ce père, c'était presque incestueux, c'était de la haine mais on avait une relation très forte, je ne savais pas comment vivre autrement, je souffrais énormément physiquement et mentalement.

Le cinéma nous plonge dans des souvenirs que nous avions cru vaincre et qui reviennent.

Vers la fin du film le père prend une barque et conduit ses enfants sur une île, on a l'impression que c'est un lieu qui compte pour lui, un lieu qui explique peut-être sa longue absence, un lieu où il a vécu des moments difficiles, on perçoit derrière sa hargne et sa dureté une douleur qui ne trouve pas à s'exprimer, ils accostent, l'endroit est inhospitalier, inquiétant, hostile, un mirador domine le paysage, le père exige des gamins qu'ils y grimpent pour prouver qu'ils sont des hommes, les deux gamins résistent mais finissent par se plier à l'ordre du père, une fois en haut ils ne savent plus redescendre, le père est obligé de monter les chercher, il trébuche sur l'échelle, tombe et meurt.

Dans le cinéma comme dans la vie, la présence des mères a souvent l'avantage d'éviter des catastrophes humaines.

Une fois mon père m'avait empêchée de sortir, j'ai hurlé et j'ai menacé de me suicider, ma mère ne disait rien parce que c'était une femme obéissante, j'étais tellement terrorisée que toute rébellion prenait la forme hystérique d'une menace de mort, d'ailleurs, je me souviens très bien, quand je passais sur un pont je m'éloignais du bord, j'avais peur que par inadvertance il me pousse dans l'eau et me tue.

Les enfants du *Retour* hésitent à laisser la dépouille du père se décomposer à l'air libre. Ils hissent le cadavre sur la barque, quittent l'île et naviguent en direction de la terre. C'est le dernier hommage qu'ils rendent à un homme qu'ils n'ont ni aimé ni connu.

Les cinémas russe et américain se ressemblent. Ils n'aiment pas que les pères pourrissent.

Ma mère est morte il y a longtemps, mon père vit seul, on n'a rien à se dire, il est antipathique, il ne supporte pas la vie, il préfère les morts, il aime que les choses soient rangées, il astique son téléphone tous les vendredis soir, il déteste l'imprévu et quand on fait une balade en forêt il est du genre à me prévenir à l'avance de tous les trous, sans doute pour que j'évite de me tordre la cheville, mais ça coupe tous les élans.

Au cinéma, on pleure quand malgré la distance et la haine, on se sent encore sous le regard du père.

J'ai essayé de comprendre sa souffrance mais ça ne sert à rien, j'ai arrêté de le voir depuis six ans, je crois qu'il préfère être seul. En même temps je lui reste fidèle puisque le jour où j'aurais pu rencontrer quelqu'un dans une salle de cinéma, il ne se passe rien, je le regrette, je regrette la chaleur de cette main.

Eraserhead
de François

Je me souviens très bien des conditions dans lesquelles j'ai vu le film, j'avais dix-huit ans, je sortais du cocon familial, je m'étais inscrit en fac de musique mais je ne la fréquentais pas assidûment, j'étais discothécaire, mon collègue est devenu mon mentor, il avait une quarantaine d'années, il m'a fait découvrir une montagne de choses dont *Eraserhead* de David Lynch, un film sans début ni fin, qui ne ressemblait à rien de ce que je connaissais à l'époque.

Il y a des gens pour qui la forme l'emporte sur le fond et d'autres pour qui c'est l'inverse.

Dans *Eraserhead*, un homme appelé Henry vit avec son enfant, sa femme l'a quitté ou elle va le quitter, il ne communique avec personne, c'est un homme solitaire qui reste la plupart du temps enfermé dans son appartement.

J'ai tout oublié de ce film sauf la bande-son, les radiateurs fuient, les ampoules grésillent, les bruits parasites et ordinaires sont considérablement amplifiés et envahissent l'atmosphère, c'est effrayant.

Il y a des gens qui aiment moins les images de cinéma que la musique concrète.

Eraserhead tourne autour de la présence d'un enfant anormal et bizarre, ses hurlements jettent le trouble dans la vie de ses parents, brisent leur rapport à la réalité, défont leurs repères, transforment entièrement leur vie mentale et affective, les séparent.

J'ai très peu de souvenirs des images, d'ailleurs je l'ai vu dans un état second, je dois avouer qu'à l'époque j'étais accro aux drogues dures, avec mon mentor on jouait les esthètes dandys mais on partageait surtout la dope, on consommait beaucoup, la seule chose qui m'angoissait c'était les psychotropes, je préférais l'héroïne et les amphétamines.

Il y a des gens pour qui *Eraserhead* rappelle des soirées agréables.

Je n'ai jamais été un fou de la drogue, ça n'était pas au centre de ma vie, je savais me contenir et me contrôler mais quand j'ai rencontré ma copine, je commençais à déraper, j'ai décidé de lui cacher la vérité, comme je déteste le mensonge ça m'obligeait à me sevrer plus vite, je regrette qu'elle m'ait quitté mais ça n'a rien à voir avec ma consommation de came dont elle n'a jamais rien su.

Il y a des gens pour qui le cinéma efface les mauvais souvenirs.

Dans *Eraserhead*, il y a une scène difficile à oublier, c'est quand Henry coupe le poulet lors du repas familial, les articulations de la bête suent comme si le couteau s'enfonçait dans un corps souffrant.

Il y a des gens qui espèrent qu'*Eraserhead* calmera leurs peurs enfantines.

La première fois que j'ai découvert Lynch, ce n'était pas avec *Eraserhead*, c'était avec *Lost Highway* que je suis allé voir au cinéma en ville. Comme je n'avais pas de voiture, j'ai dû rentrer en stop avec des inconnus sur des routes désertes tout juste éclairées par les phares, il ne m'est rien arrivé mais j'ai eu une sacrée trouille.

Il y a des gens qui apprennent à conduire pour éviter de se retrouver dans des situations difficiles.

J'ai vécu mon adolescence comme un *guitar hero*, finalement je me suis rendu compte que je n'avais aucun talent, je suis passé sans douleur du statut de musicien à celui de mélomane averti, c'était une période heureuse de ma vie.

Il y a des gens qui font semblant de croire que grâce à *Eraserhead* la lucidité qu'ils ont sur eux-mêmes ne se transformera pas en déception.

J'ai eu un pépin il y a cinq ans, j'ai perdu l'audition d'un coup, une tumeur bénigne qui a rongé l'oreille moyenne et le tympan. Je suis passé par des tas d'opérations, des implants en titane, j'ai été sourd pendant un mois, maintenant ça va mieux mais c'est provisoire car il y a des risques de récidive, le plaisir d'entendre il faut vraiment que j'en profite.

Il y a des gens qui utilisent *Eraserhead* pour entrer dans leur propre corps.

Je manque de stabilité, j'ai fait plein de métiers, j'ai été roadie, j'ai été ingé son, j'ai fait de l'intérim, j'ai été grill man, j'ai chargé des semi-remorques, j'ai emballé des sachets dans une usine de plastique, à l'avenir je vais essayer de travailler à la protection judiciaire de la jeunesse.

Il y a des gens qui pensent qu'*Eraserhead* leur donnera le pouvoir d'entendre l'inaudible, de voir l'invisible, de décrocher du LSD, de se sevrer, de trouver un emploi, de rencontrer l'âme sœur, de vaincre la solitude. Aimer le cinéma, c'est s'offrir le luxe de la toute-puissance.

L'Arrangement de Jean

L'Arrangement d'Elia Kazan, je l'ai vu une dizaine de fois, c'était l'époque du cinéma permanent, j'avais l'habitude de rester dans la salle pour plusieurs séances, je commençais à quatorze heures et je finissais à minuit.

Le cinéma nous évite d'éprouver quotidiennement le déclin du jour.

J'ai vu *America America*, *La Fièvre dans le sang* avec le couple mythique Warren Beatty, Natalie Wood, j'aime beaucoup les acteurs qui ont une fêlure, Clark Gable, Gene Tierney, Romy Schneider ou Patrick Dewaere, c'est des gens à qui j'ai pensé souvent, j'aurais aimé une vie comme James Dean ou Montgomery Clift, comme il était homosexuel, Liz Taylor l'adorait.

Parfois on veut ressembler à un acteur pour mourir plus vite.

L'Arrangement d'Elia Kazan raconte l'histoire d'un publiciste qui, suite à un accident de voiture, remet sa vie confortable en cause, essaye de redevenir celui qu'il aurait aimé être dans sa jeunesse. À cinquante ans, il espère qu'il n'est pas trop tard.

Mon frère voulait entrer à l'Institut des hautes études cinématographiques, il a dû arrêter ses études en première parce que à la majorité nos parents nous ont demandé de quitter la maison, je suis monté à Paris avec lui, on allait au cinéma ensemble, c'est le garçon le plus cultivé et le plus intelligent que je connaisse mais il n'a pas obtenu de bourse pour préparer le concours, on a constitué une grosse bibliothèque sur le cinéma, actuellement nous louons un box dans le quinzième arrondissement pour stocker tous nos livres.

Parfois on collectionne ses rêves pour ne pas qu'ils se brisent.

Kirk Douglas, le publiciste, retourne dans la maison paternelle, il a coupé les ponts avec Deborah Kerr, son épouse, il va dans une cabane de jardin, regarde à travers la vitre et se revoit à vingt-cinq ans, quand il était amoureux de Deborah Kerr, ils étaient jeunes tous les deux, ils imaginaient leur avenir, Kirk Douglas pensait devenir écrivain.

Quand on a vingt-deux ans, on ne sait pas ce qui nous attend, j'espérais rencontrer des gens dans les salles de cinéma mais chacun va voir son film et ressort, heureusement j'ai un ami avec qui je fais les courses le vendredi, il m'emmène en voiture et ensuite je mange chez lui une fois par semaine, sinon on m'a offert une télé pour ma retraite, la première télé que j'ai pour moi tout seul, tard le soir je regarde des émissions littéraires.

Parfois vivre par procuration ne suffit plus.

Deborah Kerr croit aux vertus de la psychiatrie, elle fait interner son mari d'office, tombe amoureuse de son analyste. Quant à Kirk Douglas, il retrouve Faye Dunaway, son amour de jeunesse, elle vient le voir à l'hôpital, ils s'allongent tous les deux dans l'herbe du parc, il tient dans ses bras l'enfant qu'elle a eu de lui.

Une fois je me baladais sur les Champs-Élysées et d'un seul coup je vois Kazan, il entre au cinéma Gaumont, je le suis, c'était l'époque de *Trop belle pour toi* de Bertrand Blier, je quitte la salle un peu avant la fin du film pour essayer de le croiser, manque de pot je ne l'ai pas vu sortir. Si j'avais pu, je lui aurais dit mon admiration, je sais bien qu'il y a eu des polémiques autour de ses positions politiques dans les années 50, qu'il a livré des noms de metteurs en scène pendant le maccarthysme et qu'il a brisé des carrières, mais il s'est racheté par ses films et en plus on ne sait pas comment on aurait réagi dans les mêmes circonstances, Louis Malle le montre très bien dans *Lacombe Lucien*.

L'Arrangement, c'est un film dont le titre fait réfléchir.

Dans la dernière séquence, on assiste à l'enterrement du père de Kirk Douglas, ça se passe le long d'une autoroute, Kirk Douglas tient le bras de Faye Dunaway et Deborah Kerr celui de son analyste, Kirk Douglas a un léger sourire malgré la mort de son père, on peut penser qu'il sortira bientôt de l'hôpital psychiatrique, que sa femme le laissera partir même si elle pense qu'il est fou, qu'il va pouvoir enfin se lancer dans l'écriture.

Je suis entré aux Allocations familiales mais ça ne m'intéressait pas, j'ai passé le concours des PTT mais ça ne me passionnait pas, dans les années 80 j'ai végété comme gardien, et en 1988 un collègue m'a parlé du concours de magasinier que j'ai réussi à quarante et un ans, si j'avais su je l'aurais passé avant, ensuite j'ai essayé trois fois le concours de bibliothécaire mais j'étais déjà âgé et j'ai échoué.

Au cinéma, on peut refaire sa vie autant de fois que son visage.

Avec mon frère on a toujours aimé les cinéastes lyriques comme Douglas Sirk, Samuel Fuller ou Nicholas Ray et aussi *Une étoile est née* de George Cukor, je l'ai vu trois fois de suite, j'adore quand James Mason enlève sa robe de chambre et pénètre dans la mer.

ILS NE SONT POUR RIEN DANS MES LARMES

Dans la bouche d'un cinéphile, le nom, plus encore que l'image, possède une inaltérable magie et renverse le cours des choses.

Les Quatre Cents Coups d'Isabelle

Je suis originaire de Cannes et à l'âge de treize ans on nous a emmenés avec une tripotée de gosses voir *Les Quatre Cents Coups* de François Truffaut, au Palais du festival, ça m'a donné envie de devenir éducatrice, je n'ai jamais dévié de ce projet malgré tous les problèmes que j'ai eus dans ma jeunesse.

Dans *Les Quatre Cents Coups*, Jean-Pierre Léaud alias Antoine Doinel a une dizaine d'années, il traîne, il ment, il vole, il se promène seul dans la ville, il va au cinéma, personne ne s'occupe de lui, même les instituteurs et les assistantes sociales ne lui sont d'aucun secours.

On devient éducatrice pour sauver les bâtards, consoler leur peine, leur donner les moyens de supporter l'abandon.

Ça s'est passé exactement comme dans les récits du dix-neuvième siècle, ma grand-mère est montée à Paris, elle est devenue employée de maison, elle est tombée enceinte du patron, elle a accouché de mon père, elle l'a mis en nourrice dans un village de la Sarthe et au bout de six mois elle a disparu de la circulation.

Quand on voit *Les Quatre Cents Coups* de François Truffaut, on imagine forcément que le réalisateur est un enfant de l'Assistance publique qui a trouvé dans le cinéma une nouvelle famille.

Le petit Doinel justifie ses absences répétées à l'école en faisant croire que l'un de ses parents est mort. Je ne me souviens plus très bien s'il dit ma grand-mère est morte ou s'il prétend que c'est sa mère. L'instituteur le croit mais la mère est furieuse, elle aurait sans doute préféré mourir de sa belle mort.

On devient éducatrice pour réparer des injustices.

Mon père est resté auprès de sa nourrice, elle ne l'a pas déclaré aux autorités, il l'a toujours regretté, ça lui aurait permis d'être adopté officiellement et peut-être de faire des études, au lieu de quoi il a porté l'uniforme des gardes républicains et a fait la guerre d'Indochine.

On devient éducatrice pour représenter la loi, suivre de jeunes délinquants qui auraient pu devenir militaires tout en évitant de les punir.

La psychologue reçoit Antoine Doinel, elle est magnifique, elle se tient derrière son bureau, elle pose toutes les questions qu'il ne faut pas poser à un môme : s'il a déjà eu des histoires avec des filles, s'il préfère son père ou sa mère, des questions très intrusives, très violentes. Puis elle lâche un crayon pour voir si le garçon, en le ramassant, va regarder ses jambes, ses copains l'ont déjà prévenu, le coup du crayon ils connaissent tous, Antoine est gêné, il ne sait pas comment se comporter, elle a de très belles jambes, c'est une femme moderne.

On devient éducatrice pour offrir son corps en pâture, on l'expose au regard des ados afin de décider s'ils deviendront ou non des violeurs de filles.

J'étais une enfant difficile, j'ai vécu avec ma mère quand mes parents ont divorcé, on ne s'accordait pas du tout, elle était femme de ménage, elle partait en mobylette du côté de la Californie, le quartier chic de Cannes, elle n'avait pas le temps de chercher à me comprendre, dans la journée j'allais dans les caves, je foutais le feu, je faisais des bêtises et le soir je chialais dans mon lit en me tournant contre le mur pour ne pas qu'elle m'entende.

On devient éducatrice pour soigner rétrospectivement ses propres douleurs d'enfant.

À l'âge de dix-sept ans, ma mère me fout dehors, j'habite avec mon père, un jour j'arrive, il n'est pas là, la porte est close, je me retrouve dehors, j'appelle les renseignements d'une cabine téléphonique, ils ne sont pas capables de me dire où il est parti, j'erre pendant dix jours, je dors sur la plage, je squatte chez des amis, je développe plein de symptômes, je tombe malade, il m'avait abandonnée pour aller retrouver sa propre mère en région parisienne.

Dans *Les Quatre Cents Coups* de François Truffaut, Antoine Doinel descend les poubelles, va chez le boucher, rend des services à ses parents, il est corvéable mais n'a droit à aucune tendresse.

On devient éducatrice parce qu'on devine que mettre au monde ne donne pas nécessairement accès à l'amour maternel.

Mon père a déménagé pour habiter avec sa propre mère dès qu'il l'a retrouvée, elle était aveugle et entièrement dépendante, je crois bien qu'il l'a bousculée, qu'il l'a aimée, qu'il l'a haïe, mon frère était devenu policier, il traitait sa grand-mère de salope, nous avons tous évité la délinquance mais on a quand même dégusté.

On devient éducatrice par trouille des représailles.

À la fin du film, Antoine Doinel s'échappe du centre de rééducation, c'est une évasion, on ne sait pas s'il sera repris mais on ne peut s'empêcher de s'évader avec lui, on court vers la mer, on fuit les institutions, on est enfin libre, on respire. On devient éducatrice parce qu'on croit possible de soulager le monde.

Thelma et Louise
d'Annick

Quand j'ai vu *Thelma et Louise*, j'avais une trentaine d'années, un boulot d'avocate, une grande maison, un mari, des enfants, le chemin était tracé, j'avais planté mon drapeau mais ce qui me manquait, c'était le mouvement, la possibilité du changement, une liberté qui était en train de disparaître.

Thelma et Louise de Ridley Scott raconte comment deux amies qui croient quitter leur foyer et leur mari pour un week-end se retrouvent prises dans un enchaînement de faits qui les éloigne définitivement de leur ancienne vie, les lie l'une à l'autre, les libère.

Ce film m'a vraiment donné de la force, il m'a montré qu'on n'est jamais enfermé dans la vie qu'on a construite, qu'on peut faire d'autres choix, que tout est possible, j'ai décidé à mon tour de devenir plus légère, de ne pas avoir peur de ce qui est grand ouvert, libre, même si dans la liberté il peut aussi y avoir une part de vide.

Quand une femme avoue que *Thelma et Louise* a bouleversé sa vie, on imagine qu'elle va parler de son rapport conflictuel avec l'autre sexe.

Au début du film, Thelma et Louise partent pour une virée au grand air, elles prennent la voiture, s'arrêtent en route dans un bar, rencontrent un homme, il drague Thelma au grand désespoir de Louise qui souhaite repartir et essaye de raisonner sa copine, finalement elles boivent, elles dansent, elles s'amusent, le temps passe, au moment de partir l'homme propose à Thelma d'aller prendre l'air et une fois sur le parking il essaye de la violer, elle se débat, elle est désemparée, personne dehors, il la frappe, Louise arrive, il faut rappeler que dans une scène antérieure on a vu Thelma faire ses bagages, elle ne sait pas s'y prendre, sa valise déborde de trucs et en particulier elle a emporté un petit pistolet que Louise découvre avec horreur et qu'elle fourre dans son sac en disant qu'il ne faut pas laisser traîner ça. Du coup, quand elle voit sa copine sur le point de se faire violer, Louise sort le pistolet, le type soutient que Thelma est d'accord, Louise lui dit, mets-toi bien ça dans la tête, quand une femme pleure, c'est qu'elle ne veut pas, le type l'insulte et là Louise bascule dans autre chose et tire.

On a du mal à imaginer que *Thelma et Louise* puisse raconter autre chose que la veulerie des mâles, leur machisme, leur bêtise, la nécessité absolue de les quitter.

C'est vraiment un film sur l'amitié, sur le fait qu'on peut découvrir des choses très fortes avec des gens dont on ne soupçonne pas le passé. Et c'est ce qui advient entre Thelma et Louise, les événements vont les souder, elles ont très vite cette espèce de confiance l'une dans l'autre, il n'est pas question qu'elles ne soient pas solidaires, elles sont complètement unies, on sent qu'il est impossible que le lien se défasse en cours de route, d'ailleurs il y a une chose frappante c'est qu'à mesure que le film avance, elles commencent vraiment à se ressembler, à fusionner, comme s'il n'y avait qu'un seul personnage.

On a du mal à concevoir une différence radicale entre le désir de fusionner avec l'autre et le désir de le posséder.

Moi, j'ai une sœur jumelle dont j'ai toujours cherché à me différencier, je n'ai jamais aimé l'idée de n'être qu'une moitié, sauf quand on était ados, il nous est arrivé en été de prendre un petit boulot et d'y aller chacune un jour sur deux, nos employeurs ne se sont rendu compte de rien, c'était pour rigoler, ça n'a pas eu de conséquences.

Quand une femme raconte qu'elle a une sœur jumelle, on a l'impression d'entrer par effraction dans son intimité.

J'ai fait des études de droit pour défendre la veuve et l'orphelin mais au lieu de ça, parce que c'était la voie royale, je me suis retrouvée en droit des affaires à négocier de gros contrats pour des entreprises, un jour je me suis aperçue que quand je gagnais un contrat, le résultat ne profitait qu'à ceux qui avaient déjà plein de sous, que cela n'avait aucun sens, j'ai décidé que ça ne pouvait plus durer, j'ai quitté mon boulot, j'ai monté une entreprise de commerce équitable qui a périclité, je n'avais pas droit au chômage, j'ai divorcé, je ne pouvais plus assurer matériellement la vie de mes enfants, ils sont restés avec leur père dans la maison et moi je vis dans un ancien garage, c'est pas chauffé, c'est mal isolé mais je m'en fiche.

On a du mal à admettre que *Thelma et Louise*, un film qui a dû coûter et rapporter des millions de dollars, puisse conduire quelqu'un à la précarité.

Le fait de ne jamais être certaine de rien, c'est très positif, même si de temps en temps l'angoisse me prend, par exemple je me suis cassé une dent, je ne peux pas aller chez le dentiste mais ce n'est pas grave parce que je n'ai aucune obligation, aucune contrainte, je suis dans une vraie légèreté et c'est ce que j'aime.

Thelma et Louise aurait été un film beaucoup plus subversif si le réalisateur, pour se plier à la morale hollywoodienne qui interdit aux femmes d'être heureuses sans leurs maris, n'avait pas été contraint de faire mourir ses deux héroïnes.

Évidemment la scène la plus marquante, c'est à la fin, elles sont acculées, à cinq mètres du précipice, poursuivies par deux cents bagnoles de flics avec des mitraillettes, et là Thelma, la plus jeune et au départ la plus inexpérimentée, prend les choses en main et dit à son amie, continuons, *Let's keep going*, la voiture démarre, elle franchit le précipice, c'est évident qu'elle va s'écraser dans le ravin mais on ne le voit pas, elles sont au bout de la route et l'espace s'ouvre encore à elles, elles font le choix définitif de la liberté, personne ne les arrêtera, la voiture flotte, vole, elles sont enfin heureuses, elles ont trouvé une solution définitive et rien ne pourra les séparer.

Les spectateurs de *Thelma et Louise* sont beaucoup plus puissants que Hollywood et que les metteurs en scène. Ils savent reconnaître le bonheur et la liberté à travers le suicide et la mort.

Les Larmes
(épilogue)

Dans la dernière scène des *Parapluies de Cherbourg* de Jacques Demy, avec des acteurs presque tous inconnus et qui le sont restés, peut-être parce que chanter qu'on est amoureux, malheureux, seul, déçu, trahi ou lâche, ce n'est pas crédible

il y a (c'est vrai il y a Catherine Deneuve dont la carrière n'a pas été brisée par le passage incongru à la comédie musicale tous azimuts mais ce n'est pas ce que je voulais dire)

il y a une information qui ne devrait pas y être et qui change tout
qui change radicalement le sens que l'on peut donner
à l'amour, aux chagrins d'amour, à l'attente, à l'ennui, à la trahison, à la tristesse
à la tristesse d'avoir trahi

c'est le moment où

revenons en arrière
remontons le temps
recommençons depuis le début
bien que recommencer n'apporte aucune consolation
on ne fait que répéter ce qui mènera au dénouement
la dernière scène rappelant inexorablement
que contre le destin
on ne peut rien
on ne peut rien.

Dans cette scène donc c'est l'hiver, c'est Noël, il neige
une voiture de luxe s'arrête devant le garage de Guy
il va vers la pompe pour servir le client
et en s'approchant
il reconnaît à travers la vitre
Catherine Deneuve alias Geneviève
la femme qu'il a cru pouvoir aimer toujours
et qui l'a quitté sans un mot
il sait qu'elle est partie avec un autre
que c'est avec un autre qu'elle a élevé l'enfant qu'elle
attendait de lui
Guy.

Quoi qu'on fasse
on ne changera pas la fin
on ne peut rien
on ne peut rien.

Je pleure
je n'arrête pas de pleurer
je pleure sans discontinuer
je ne supporte pas l'idée
qu'ils se croisent sans se retrouver.

Guy a refait sa vie mais

on ne revient pas en arrière
on ne peut rien
on ne peut rien.

Dans cette scène Catherine Deneuve alias Geneviève
dit une phrase qui

ils savent que leur histoire est achevée
ils n'y peuvent rien
ils n'y peuvent rien.

J'ai vu le film à plusieurs reprises
à chaque fois avec celui ou celle que je croyais être
mon seul et unique amour
et je me rends compte
que malgré les circonstances, le changement, la vie
qui tourne et qui bouleverse les idées toutes faites

je continue à pleurer
je pleure
je n'arrête pas de pleurer
je pleure sans discontinuer
je ne supporte pas l'idée
qu'on ne puisse réparer
ce qui a été brisé
refaire
recommencer.

Dans cette scène donc Catherine Deneuve alias Geneviève dit une phrase qui peut passer inaperçue.

C'est une phrase anodine
une petite phrase
comme celles que l'on prononce
quand on ne veut pas montrer
qu'on est drôlement secoué.

Je ne supporte pas l'idée qu'on puisse aimer
successivement
plusieurs personnes
avec la même intensité.

Si on est brésilien ou mexicain ou portoricain ou bolivien ou uruguayen
bref si on vient du continent américain
qui est très loin de Paris, de Cherbourg, de la Bourgogne et de l'Anjou
et si par ailleurs ou par conséquent
on ne connaît strictement rien à la géographie de l'Europe
et encore moins de la France
on ne sera pas du tout surpris
par la déclaration de Catherine Deneuve alias Geneviève.

Comme je connais très bien le film
je commence à pleurer
avant que ça ne devienne triste
je pleure encore plus dans les moments joyeux.

Une phrase qu'on pense simple
une phrase neutre
une simple information
un renseignement que l'on donne
sans réfléchir.

Parfois
quand pendant le film
je pleure
je me demande si c'est sur eux ou sur moi
ces larmes.

Catherine Deneuve alias Geneviève est dans la voiture en compagnie de sa fille
qui est la fille de Guy
elle porte un manteau de fourrure
c'est une femme riche
qui circule
avec sa fille
le jour de Noël
dans une belle voiture.

Je pleure quand ils sont ensemble
je pleure quand ils s'embrassent

je pleure quand ils sont heureux
connaître la fin gâche beaucoup de plaisirs.

Je ne supporte pas l'idée
je ne supporte pas
qu'on soit à jamais séparé
de ceux qu'on a aimés.

Catherine Deneuve alias Geneviève semble très surprise de voir Guy même si en réalité ce n'est pas surprenant puisqu'elle a vécu à Cherbourg, puisqu'il a vécu à Cherbourg, puisqu'ils ont vécu à Cherbourg et ensemble leur premier et unique amour, puisque Cherbourg est une petite ville, une ville dans laquelle on a toutes chances de tomber par hasard sur quelqu'un qu'on a connu jadis.
C'est d'ailleurs ce qui se passe
Catherine Deneuve alias Geneviève retrouve Guy.

Je ne sais pas si je pleure
parce que malgré toutes les promesses et les mots d'amour
ils ne s'aiment décidément plus
ou si je pleure
parce que malgré le temps passé à essayer de vivre

autrement
ils s'aiment encore.

Catherine Deneuve alias Geneviève est visiblement une femme riche
elle porte un manteau de fourrure et se déplace dans une belle voiture
Catherine Deneuve alias Geneviève est visiblement une femme seule
elle roule le soir de Noël sous la neige dans les environs de Cherbourg au lieu d'être devant le sapin avec son mari et sa fille.

— *Tu es en deuil ?*
— *Maman est morte à l'automne.*
— *Comment l'as-tu appelée ?*
— *Françoise. Elle a beaucoup de toi. Tu veux la voir ?*
— *Je crois que tu peux partir.*
— *Toi, tu vas bien ?*
— *Oui, très bien.*

Vaut-il mieux découvrir qu'on ne pourra jamais retrouver ce qu'on a perdu et vivre en ressassant cette perte
ou

apprendre qu'avec le temps les plus vifs sentiments
s'estompent
c'est un dilemme.

Quant à Guy il devrait être heureux
mais en voyant Catherine Deneuve alias Geneviève
son visage s'assombrit.

J'avais tellement peur de ne pas te trouver, je suis si heureuse d'être avec toi. Maintenant je ris parce que je me rends compte combien je suis bête quand je suis toute seule. J'ai parlé à maman de notre mariage, elle m'a évidemment traitée de folle, et puis ce soir, elle m'a interdit de te voir, tu comprends j'ai eu si peur. J'aime mieux partir n'importe où, ne plus revoir maman que de te perdre, nous nous marierons en cachette.

La première fois que je vois ce film
en compagnie de mon seul et unique amour
et d'un couple d'amis
je pleure tellement
que je n'ose pas me lever
ni regarder autour de moi
ni parler
et que je reste collée à mon fauteuil

tête baissée
en faisant semblant d'être très occupée
à chercher quelque chose
que je n'arrive pas à retrouver.

Oh tu sais maintenant, cela n'a plus d'importance, nous avons même tout notre temps, ce matin j'ai reçu cette feuille de route et je dois partir pour deux ans, alors le mariage on en reparlera plus tard, avec ce qui se passe en Algérie en ce moment, je ne reviendrai pas d'ici longtemps.

Mes amis m'attendent le long de la travée centrale
ils n'ont pas l'air de très bien comprendre
ce que je fabrique sous le siège.

— *J'ai tellement peur quand je suis seule.*
— *Nous nous retrouverons et nous serons plus forts.*
— *Tu connaîtras d'autres femmes, tu m'oublieras.*
— *Je t'aimerai jusqu'à la fin de ma vie.*

Avouer qu'on ne cherche pas ses clefs
sous les fauteuils d'orchestre du dernier rang
mais juste qu'on se cache
pour pleurer

c'est sans doute pénible
mais ça a l'avantage
d'être clair
bien qu'à la vérité ça ne permette pas d'élaborer
une analyse précise et poussée
des raisons pour lesquelles on est à ce point-là
affectée.

Je ne pourrai jamais vivre sans toi,
je ne pourrai pas,
ne pars pas j'en mourrai,
je te cacherai et je te garderai,
mais mon amour, ne me quitte pas.

Je ne supporte pas
qu'on puisse perdre
définitivement
quelqu'un qu'on a aimé
sans en mourir
qu'on vive bien après
et même qu'on vive mieux.

La deuxième fois que je vois le film
en compagnie de mon seul et unique amour
c'est à la télévision

je regarde l'écran fixement
pour éviter d'être scrutée et découverte
mais malgré mes efforts
je pleure plus encore que la première fois
et je sens bien qu'à côté de moi
mon amour n'en revient pas
c'est faramineux
c'est exorbitant
c'est exagéré
alors tout en continuant à pleurer
je me dis qu'il faudrait arrêter
sans quoi on finira par s'interroger
sur la vraie raison de ces larmes.

— *Calme-toi, il nous reste si peu de temps, si peu de temps mon amour qu'il ne faut pas le gâcher, il faut essayer d'être heureux, je veux que nous gardions de nos derniers moments un souvenir plus beau que tout, un souvenir qui nous aidera à vivre.*
— *J'ai tellement peur quand je suis seule.*
— *Nous nous retrouverons et nous serons plus forts.*

C'est un film
ça n'existe pas
c'est une histoire inventée

ça ne me concerne pas
c'est ce que je me dis
pour que les larmes cessent
mais comme ça ne marche pas
je finis par comprendre
que Geneviève et Guy
ne sont pour rien dans mes larmes.

Dans la dernière scène du film il y a quelque chose qui ne va pas.
Catherine Deneuve alias Geneviève prononce une phrase simple, factuelle, du moins elle le croit, une phrase qui, si on n'y prête pas garde, pourrait signifier qu'elle est juste étonnée de revoir Guy.

Cette phrase, je peux la répéter
la retourner
la déployer
il y a en elle une erreur, une omission, une faute
de sorte que l'apparente indifférence qu'elle manifeste
cache mal
une immense peine

C'est la première fois que je reviens à Cherbourg depuis mon mariage. J'ai été chercher la petite chez ma belle-mère en Anjou. J'allais rentrer à Paris puis j'ai fait ce détour, je ne pensais pas te rencontrer, il a fallu ce hasard.

Mon seul et unique amour doit le savoir aussi bien
que moi
ils ne sont pour rien dans mes larmes.

Les gens la plupart du temps ne pleurent pas
les larmes c'est exceptionnel
remarquable
inhabituel.

Et pourtant
si on était vraiment soi-même

si on acceptait de se présenter
dans l'état ordinaire
où les événements de la vie
nous mettent

si les événements de la vie
nous mettaient dans l'état
où on devrait être

si on était capables
de vivre les événements
tels qu'ils se produisent
et de vivre aussi l'état
dans lequel ils nous mettent

si on ne se protégeait pas
défendait pas
retenait pas
contraignait pas
si

Catherine Deneuve alias Geneviève est une femme moderne
une femme retenue
une femme polie
une femme bien élevée
Catherine Deneuve alias Geneviève ne pleure pas
ça ne se fait pas
c'est hors de propos
c'est déplacé
c'est mal venu
et c'est stupide.

Mais elle dit une chose absurde
une chose impossible
une chose qui juste avant la fin
trahit des larmes
qui ne sortiront pas.

Si on se laissait aller
submerger
investir

Les Américains ne le savent pas, ni les Mexicains, ni les Portoricains, ni les Brésiliens, mais Cherbourg n'est pas du tout sur la route entre Paris et l'Anjou.

Si on se laissait envahir

Cherbourg est une ville normande, lointaine, qu'on ne peut atteindre par hasard parce qu'elle se situe à l'extrême pointe du Cotentin.

Si

En général il est assez rare qu'on atteigne le bout du bout d'un pays sans l'avoir d'une manière ou d'une autre choisi.

Il n'y aurait aucune raison
pour que cela s'arrête
les événements se succédant
les deuils
les ruptures
les défaillances
les oublis
on pleurerait encore et encore
tout le temps
inévitablement
constamment.

Entre l'Anjou et Paris il faut faire un sacré crochet
pour se retrouver
le soir de Noël
dans une ville aussi peu attrayante et excentrée
que Cherbourg.

On pleurerait
sans arrêt
sans interruption
on ne pourrait plus faire autre chose
que pleurer.

Le générique de fin se déroule. Catherine Deneuve alias Geneviève a quitté son manteau de fourrure, son collier de perles et sa voiture. Elle discute avec l'équipe artistique comme si le drame auquel on venait d'assister n'avait aucune importance.

Je pleure avec frénésie
avec rage
avec ardeur
connaître la géographie
est une douleur supplémentaire.

Je pleure à la place de Geneviève
et donc de Catherine Deneuve
je mesure en kilomètres
son mensonge
et en le mesurant
j'étends ma détresse.

— *Tu connaîtras d'autres femmes, tu m'oublieras.*
— *Je t'aimerai jusqu'à la fin de ma vie.*
— *Guy je t'aime, ne me quitte pas, mon amour, ne me laisse pas.*
— *Viens, viens, mon amour, mon amour.*

— *J'ai peur.*
— *Je t'aime.*

La troisième fois que je vois ce film
avec mon seul et unique amour
et deux de nos très bons amis
je préviens mon entourage
afin d'éviter toute gêne
cela me permet d'être plus libre
et de pleurer du début à la fin
sans même essayer de me retenir.

C'est alors que je comprends
pour la première fois je comprends

ça n'a pas d'importance
ça ne révolutionne pas le monde
ça n'interdit pas le dialogue
ça n'a pas l'effet désastreux
que je n'ai cessé de craindre.

Je comprends
pour la première fois je comprends

pas besoin de se défendre
pas besoin de se refuser
pas besoin de se protéger
la géographie a vaincu mes résistances.

Je peux maintenant revoir le film
je n'ai plus peur
je n'ai plus honte
je sais que je pleure
pour autre chose
que j'en profite
pour m'abandonner
comme si l'abandon
était la condition nécessaire
suffisante
paradoxale
d'une future consolation.

REMERCIEMENTS

Ce livre n'aurait pu voir le jour sans l'aide du conseil général de Seine-Saint-Denis. Je tiens à remercier Catherine Pollet, qui a soutenu activement ce projet, l'Espace 1789 qui l'a défendu avec conviction, et plus particulièrement Denis Vemclefs et Elsa Sarfati. Merci à toute l'équipe de l'Espace 1789 qui m'a accueillie avec chaleur à Saint-Ouen. Merci aussi à tous les témoins dont j'ai souhaité ici garder l'anonymat. Ils se reconnaîtront en partie dans ces pages écrites à partir de leurs mots et de leurs histoires.
Je remercie Olivier Ducastel qui a réalisé des images à partir du *Vertige*, images qui ont eu un rôle déterminant dans la performance que j'ai proposée à partir de ce texte (création au festival « Tous coupables » organisé par Jérôme Mauche à la Ménagerie de verre en janvier 2006). Je remercie également Laurent Larivière qui a adapté *Les Larmes* pour le cinéma (court-métrage de fiction produit par Senso Films en coproduction avec Wallpaper et Doncvoilà-petite ceinture et avec le soutien de France Télévisions et de la région Basse-Normandie). Enfin, je remercie Maryline Charrier et Pierre-Emmanuel Lyet, respectivement productrice et cinéaste d'animation, qui travaillent actuellement à la réalisation de la série *Les Films de votre vie*, à partir des textes de ce livre.

TABLE DES MATIÈRES

Composition Entrelignes (64).
Achevé d'imprimer
*par la **N**ouvelle **I**mprimerie **L**aballery*
58500 Clamecy, le 15 février 2012
Dépôt légal : février 2012
Numéro d'imprimeur : 202132

ISBN 978-2-07-013717-6

Imprimé en France

240698